余光中

吹皺的山光

石而無紋
怎么記風霜的日記？
山而不皺
怎么刻絕壁的額頭？
而水是最隨緣的了
性之所至
發明了獨有的皺法
日磨月磋
細膩中別有韻味
一頁頁神秘的地質史
最美的天書何須文字？
莫問大禹有没有來過
早已被歲月卓穴
天機如此漂沉
怎肯就道破？

最怕是春歸了秣陵樹
人老了偏在建康城
夢裏的滄桑，鏡中的眉眼
难掩半生曾經的明艳
曾經战前兩小的親暱
綽約風姿，只能尋尋覓覓
何小令的字裏行間

蓮子雖心苦，藕節卻心甘
情人遺憾，用诗來補償
歷史不足，有廟可瞻仰
你是濟南的最愛，藕神
整面大明湖是你的妝鏡
映照甜蜜的哀愁，高貴的美
藕斷千年，有絲纖纖
嬝嬝不絕，仍一縷相牽
恰似黑瓦紅扉的藕神祠前
四足銅鑪的香燭迎風
仍牽動所有禱客的思念
　　　　　　——2008.3.28

藕神

余光中 —— 著

广西师范大学出版社
·桂林·

小阅读·诗歌

目录

诗艺老更醇？

《藕神》是我的第十九本诗集，却和我上一本诗集《高楼对海》隔了九年之久，在我的出版史上实为仅见。我的第一本诗集《舟子的悲歌》出版迄今已五十六年，用十九来除约为每隔三年即出一本，所以这次隔了九年实在太久了。或许这就是所谓"江郎才尽"了吧？倒又未必：年过七十，早就不是江郎而是余翁了。何况并非交了白卷，而是减产一些罢了。其实我还留下了不少作品，分量恐怕还不止一卷。百年之后当知吾言不虚，缪思可以见证。

我这一生，自从写诗以来，只要一连三月无诗，就自觉已非诗人。诗意之来，有如怀孕，心动有如胎动，一面感到压力，一面又感到希望，可谓甜蜜的负担。李贺的母亲所谓的"呕心"，其实也是孕妇的"恶心"，亦即诗人的"用心"。但是有一点诗人胜过孕妇，甚至造化：在于孕妇生子，上帝造人，出世之后无法修改，但是诗成之后却可一修再修，甚至有望止于至善。这一点，诗人也比画家幸运。名画虽贵，却怕有人来偷，或是狂徒来毁，更怕岁月侵蚀，甚至真假难分。诗的稿费虽然不高，诗的生命却可永存。

我写散文，思虑成熟就可下笔，几乎不用修

改。写诗则不然。改诗，正是诗人自我淬砺的要务。所谓修改，就是要提升自己，比昨天的我更为高明，同时还要身外分身，比昨天的我更加客观：所以才能看透自己的缺失，并且找到修正的途径。诗人经验愈富，功力愈高，这自我提升的弹性就愈大，每每能够把一首瑕瑜互见的作品，只要将关键的字眼换掉，或将顺序调整，或将高潮加强，或将冗赘删减，原诗就会败部复活，发出光彩。诗人的功力一旦练就，只要找到新的题材，丹炉里就不愁炼不出真的丹来。如果功力不足，那就任你再怎么修改，也只是枝节皮毛，而难求脱胎换骨。

西方的画家真要成为全才的大师，就要在画像、静物、风景三方面都有贡献。用这条件来要求诗人，大致也可以分为咏人、咏物、歌咏造化。我在中年，萦心之念常在追问自己究竟是谁，与民族、历史、生命、造化是怎样的关系，因而写了不少自述的诗。这该是一切有深度、能反省的诗人必做的事。西方的大画家一定会留下自画像，林布兰、梵谷①更是再三自我镜鉴，画上好几十幅。中国传统文类谓之言

---

① 本书中英文人名、地名，因考虑诗歌音韵之故，维持原诗台湾地区译法。

志，可惜中国古典画家有自画的很少，就算画了，也大半简笔勾勒，甚至缺少表情。我这一类诗晚年反而较少，但《藕神》集里也还有《天葬》《水草拔河》《桂子山问月》《再登中山陵》《火葬》《入出鬼月》《千手观音》《低速公路》等作。

画像之中除了自像之外尚有他像。王尔德说，自恋是每个人一生之中最大的罗曼史。但是画像若仅限于自画，虽可深掘，却欠广度。诗人题咏古今人物，多少也能跨入小说与戏剧的领域，而可免于抒情的单调。杜甫的三吏、三别，加上题咏李白、高适、孟浩然、饮中八仙、曹霸、李龟年、公孙大娘，关怀之广简直令人如览人像画廊（gallery of portraits）。奥登笔下他像之多，从奥菲厄斯、伏尔泰、亨利·詹姆斯、佛洛伊德到叶慈，也可见文化格局之大。诗人而能如此，从"五四"以来并不多见，这当然与学力、功力有关。在这方面我一向仰慕前贤，一生诗作咏古今人物有如画家为他人造像者，为数当逾半百。其中一人而题咏再三甚至更多者，更包括屈原、李白、杜甫、苏轼、甘地、梵谷。以画家入诗者，除梵谷外，还有吴冠中、赵二呆、席德进、楚戈、王蓝、席慕蓉、罗青，等等。《藕神》中此类咏人之作尚包括屈原、杜甫、李清照、仇英、傅抱石、王攀元、刘国松、董阳孜、江碧波、杨惠姗、王侠军、痖弦、李元洛、杜十三、林彧、萧邦以及一二政治人物。

这一类主题因为人物的身份，不免也涉及各种艺术与其器材，例如书画、琉璃、瓷器等，所以和咏物也有相通。像《翠玉白菜》一首所咏乃民俗艺品，虽云雅俗共赏，其实俗多于雅，咏物成分更多。更进一步，在《藕神》集里像《捉兔》《鸡语》《魔镜》《红豆》《丁香》《马年》《粥颂》《永春芦柑》《楚人赠砚记》《水世界三题》等，都是咏物一类。传统的咏物诗，讲究的是不即不离，不黏不脱，既要将物状写得生动，又得提升精神，不为物拘，而别有寄托，所以要能实能虚，由实入虚，终于虚实呼应，妙得双关。如果务虚而失其实，就嫌抽象，反之则又拘泥物像，太落实了。

《魔镜》由月之实入镜之虚，咏月即所以咏人。其实除此之外，《藕神》集里，还有三首是挑明了在咏月。《桂子山问月》也问李白，问自己。《月缘》的诗情把《魔镜》更推进一步，也更加曲折。《雀斑美人》却是月的独白，并以素娥为代言。月亮，并没有被李白写尽。李白不知道月是我们的卫星，月蚀是我们的投影，而航天员可以低头步明月，举头望故乡。他也不会想象，嫦娥登月，可能是乘的陨石。

《冰姑，雪姨》当然也是咏物诗，但又是环保诗，却用童歌来发言。环保虽是全球化现象，国际问题，但是入诗却不妨带有民族感性，所以我在诗末把雪带进了我们二十四节气的"小雪"与"大雪"，提醒这水家的白肤美人别忘了神农的期待。不料此诗发表不久，大陆竟遭遇雪灾。我存笑我说："谁教你一心盼下大雪呢？"可见环保已成今日人类的至上至急要务：诗人要反省现实，不能只限于传统的社会意识了，同时，也不应忽略在"人道主义"之上还应有更博大的"众生一体"。地球上每一种生物的灭绝，都是人类罔顾生态盲目开发的恶果，这毒苹果终究会轮到人自己来吞。

我的诗体早期由格律出发，分段工整。到《莲的联想》又变成每段的分行长短相济。《敲打乐》在分段分行上自由开阖，又是一变。后来把中国的古风与西方的无韵体（blank verse）融为一体，从头到尾连绵不断，一气呵成，这对诗人的布局与魄力是一大考验：《黄河》《欢呼哈雷》《秦俑》《五行无阻》《祷女娲》等都属此体。久之此体竟成了虎背，令骑者欲下不得。

幸好在《藕神》里我总算下了虎背，分段诗多达近三十首。另一方面，近年的现代诗句越写越长，泛滥无度，同时忽长忽短，罔顾常态，成为现代诗艺的大病，也是令读者难读难记而终致疏远的一大原因。其实收与放同为诗艺甚至一切艺术的手法，一味放纵而不知收敛，必然松散杂乱。许多年来我刻意力矫此病，无论写分段或不分段的诗，常会自限每行不得超过八个字，而在六字到八字之间力求变化。其利在于明快有力而转折灵便。这种"收功"不失为严格的自我锻炼，对于信笔所至的作者该是一大考验。诗艺乃终身的追求，再杰出的诗人都还有精进的空间。

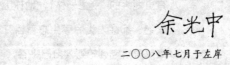

余光中

二〇〇八年七月于左岸

捉　　世纪末这头最后的狡兔

兔　　正奔向未知的前途

　　　　却要穿我们而过

　　　　乥然纵跳的姿态

　　　　是逃逸或是超逸？

　　　　准备吧，捉兔的猎人

　　　　　提防三窟

　　　　　切莫守株

　　　　兔来，要一把抓住长耳

　　　　莫等兔过，才徒然去追

　　　　那一撅难捉的短尾

　　　　闻满地黑豆的臭味

一九九九年二月二日

鸡　　把黎明割出血来的金嗓子

语　　再也叫不醒古代了

　　　　谁需要我来催他起床

　　　　去看小客栈的天色呢？

　　　　翅膀早已经退化

　　　　只堪卤作美味

　　　　就算真的会飞

　　　　能飞出菜刀的阴影吗？

　　　　最可怜那许多婴胎

　　　　眼睛都还没睁开

　　　　就连黄带壳，全给人掳了去

　　　　高兴，就当作早餐

　　　　任煎，任炒，任煮，任蒸

　　　　不高兴，就当作武器

　　　　一篮一篮的手榴弹

　　　　摔啊，向警察摔去

　　　　　　　　　　　一九九九年二月二十日

魔
镜

落日的回光，梦的倒影

挂得最高的一面魔镜

高过全世界的塔尖和屋顶

高过所有的高窗和窗口的远愁

而淡金或是幻银的流光

却温柔地俯下身来

安慰一切的仰望

就连最低处的脸庞

高不可触，那一面魔镜

挂在最近神话的绝顶

害得所有的情人

都举起寂寞的眼睛

向着同一个空空的镜面

寻觅各自渴望的容颜

不管是一夜或是一千年

空镜面上什么都不见

除了隐约的雀斑点点

和清辉转动淡金或幻银

却阻挡不了可怜的情人

依然痴痴向魔镜

寻找假面具后的容颜

从中秋找到元夜，就像今宵

对似真似幻的月色

苦寻你镜中的绝色

一九九九年三月三日

金 秋

五行为首，金是至坚与至贞

九月的霜刑，木叶纷纷

当西风吹起了商籁

把惰怠的盛夏撼醒

一夜之间已天地变色

群峰肃然在高处招引

重九清秋登临的豪情

海拔突兀到了这绝顶

忧烦的重担当真能够

一路跟上来吗？回望身后

山径蜿蜒已迷失在雾里

就算能回去，下面的世间

又历经了几劫？女娲颓然

放下新炼的补天石

任美丽而有毒的紫外线

穿透北极的漏孔

飞瀑一般泻下

月球漫步

全世界惊羡的眼神

焦聚都在你一身

看神话和梦的领土

第一个不凡的凡人

怎么入境

不知嫦娥或黛安娜

为何没出来迎接

来陪你一同步月

在宁静海畔

或陨石坑边

谪仙的名句

应该倒过来吟了

举头望故乡

（多陌生而又壮丽啊）

低头踏明月

你跨出一小步

是人逼进一大步呢

还是神让了一步？

壮哉阿姆斯壮

你独步千古

环 中

天行乎几何之大道

神是最朴素的几何学家

神说，最圆满是球体

无碍无阻，运转最流利

阴阳双球在造化掌中

抛来又接去，从不失手

而我们这水陆的大球

运转着浑茫的元气

风云变化交接的四季

那气象，永远轮回向东方

看天网恢恢，东经和北纬

将地平，水平，隐隐都拗成

多魁梧的弧线，呼应日轮和月轮

最高妙的几何学家，是神

把至小的眼球赐给凡人

让我们用灵动的瞳人

去追摄阴阳至大的球体

天乎行几何之原理

吹皱的山光

石而无纹

怎么记风霜的日记？

山而不皱

怎么刻绝壁的额头？

而水是最随缘的了

性之所至

发明了独有的皴法

日磨，月磋

细腻中别有韵味

一页页神秘的地质史

最美的天书何需文字？

莫问大禹有没有来过

早已被岁月点穴

天机如此深沉

怎肯就一语道破？

荷的联想

记得"莲的联想"

年轻时我写过一整卷

而今"荷的联想"

老来不料你竟画一张

还要我为你题诗一首

当年的红艳早已不再

红尾蜻蜓也都已飞走

只留下这些阔叶的墨荷

还在莫内彩荷的梦外

等待一夜无情的雨声

管他秋天啊几时才来呢

情人去后，只留下了老僧

独对蛙静月冷的止水

苦守一池的禅定

窗外秋声窗里梦

是枫树的秋烧

引燃晚霞的野火？

还是天边的火势

烘热窗前的酡颜？

烈焰炎炎正燎原而来

秋天已经快威胁窗台

正在做梦的窗里人

枕头渡向暧昧的幻境

灰沉沉的一带烟水

却有一粒两粒火星

炙炙越过了窗台

他翻了一个身

赤艳艳的秋之血

魂魄深处的一场火灾

正沿着记忆的脚印

蹑进他的梦来

一九九九年五月二十三日

永念萧邦

迢迢八千里初夏的华沙之行

漱耳泠泠是你的琴音

终于到了你故居，了却心愿

被我的鞋底带回西子湾的

正是当年你告别波兰

亲身带去异乡的泥土

不再回头是浪子的远路

祖国的泥香，母亲的厨房

该都是一样难忘吧，纵使

从维也纳到慕尼黑

从马佐尔卡到巴黎，琴声

盖不住咳声，也一直在梦里

你走后故国又灭了两次

人鱼预言的不朽之城

沦陷的劫火噬了又吞

迎我的华沙，唉，几轮灰烬

早非当日送你的华沙

琴声再凄婉，像遗嘱遗恨

何曾真正救得了波兰？

但帝俄的马蹄和皮靴

纳粹压境的坦克车队

也休想压碎你一首序曲

革命练习曲愈敲愈高亢

夜曲仍放不下乔治·桑

当你的修指，敏感地一起，一落

当黑键与白键一呼，一应

当断音与滑音在上风飞扬

全世界都在下风聆听

所有的烫耳都转向波兰

谁啊能忘记，佛雷德瑞克

你一去已经一百五十年

而那架钢琴仍那样年轻

那样流利啊那样尽情

恰似维苏瓦的河水悠悠

不分昼夜，依旧向北流

挟着滴滴你的泪，咯咯你的血

一九九九年六月二十八日

星与灯上下平分了夜色

人在中间应如何选择？

天空是一面通窗，无比开敞

太豪阔了，那宏观除了

天文学家，航海家，诗人

反而没有谁抬头去探望

竟让头顶最壮丽的异景

在显赫的高处被人冷落

神的灯市啊自古就寂寞

无量数的灯市啊从不熄灯

一丛丛一簇簇虚悬的吊灯

氢以为体，氦以为魄

无昼无夜，无古无今

无边无际地挂在那上面，到底

是为谁而亮呢？如此的排场

"一夕"挥霍掉多少辉煌？

令光在无涯无垠里奔命

譬如今晚，海峡牵开了风云

拱着北极的轮轴，森森众星

正各自画着圆浑的光轮

在众星的核心，赫赫天心

北极星的光芒正射我而来

清辉此刻到我的眼里

早从明代已开始了长征

一片云如果在中间作梗

天人的忘年交就断了缘分

北斗七星，最高贵的族谱

垂天的斗柄已回指北天

说谷雨过了，又要到夏至

永恒的黄历年年如此

神农氏颁定的旧约圣经

二十四节气与十二生肖

多少轮回啊，从孩提到苍老

难断胎里带来这乡愁

世纪的纷扰忽已到尽头

看下面这海港灯火正艳

何时才安枕呢，这虚荣之市？

何时才惊寤呢，这世纪之魇？

超载之岛啊用剩的地球

不夜的灯市真能掩盖

下一个世纪隐藏的大忧？

噩梦沉沉的六十亿里

谁的呓语能找到答案？

不语是上面耿耿的河汉

织女以前早就已如此

那样的壮观从不折旧

神的气象啊谁收购得起？

是谁的手啊在上面布棋？

几甲子啊才落下一子？

今晚的木星冲在穹顶落棋

簇新的一盏金灯正夺目

地球的远亲，今晚是近邻

逼人的璀璨不言而喻

把肯读太空的眼睛点醒，说

星与灯，将夜色合成

你宁在星光下仰读宇宙

读宇宙的深奥，自身的微藐

或是在灯光下，在全世界

重重叠叠的屋顶下

读完荧光幕一幕又一幕

再读热络的网络，跟着

一只多聪明的滑鼠？

一九九九年六月二十八日

天葬

每次听人说什么金属疲劳

就想到自己这脊椎

一株不甘的甘蔗

瘦瘦地，孤立在天地之间

好歹也撑了七十几年

对下要抵抗大地的拖引

对上，要招架大气的低压

还外加一个硬头颅，繁重无比

腰呢也不免时而弯下

所以打一个呵欠啊，偶然

委曲的神经才得舒展

让噩梦的蝙蝠一闪飞去

而无论这一柱龙骨多坚贞

金属的意志啊有多顽强

超重的岁月要几时才放手？

不禁向往高亢的西藏

有一天，当生命回到起源

当贪嗔的诗句都收割清楚

只剩下缩水这一截甘蔗

用皎白的高原，整座，做祭台

顶着厉啸欺耳的冰风

赤条条此身还给造化

别小看这一架瘦骨嶙峋

　　经不起天降兀鹰

用利喙再三挑剔

要令畏我者发抖

且令笑我者肃静

要令爱我者不忍

且令恨我者称心

这却是最冷峻的葬礼

一九九九年七月十五日

呼天抢地

河既不清，海更不晏

呼天不应，靠山不稳

何其难过这世纪之门

沧桑顷刻在眼前演变

后土竟然在脚底翻身

三翻四覆一连串的痉挛

是催走上一个世纪吗

还是接生下一个千年？

龙年明年是谁的本命年？

隐隐似乎有龙在昂首

但愿是神龙，风推云拥

不是恐龙，也不是亢龙

但愿久久再加久不会

变成零零再加零的落空

众舌哓哓的后现代

现身吧先知，来吧圣人

二十世纪这沉痛的包袱

教我们如何卸下，如何

把二十一世纪，还未哭呢

小心啊，扛上肩头

一九九九年十月二十二日

维纳斯的诞生

冬至后第七天
千禧年倒数第三个前夕
天关深扃，地户紧闭
传说的奇迹似乎
渺茫而无消息

而在世纪末悠长的此夜
当童贞的白烛
快烧到梦的尽头
守夜人终夕苦守
终感到美的胎动

是南海而非爱琴海
是乌丝而非金鬘
是莲步姗姗而非西风飒飒
非西风飒飒所吹来
非波提切利所能猜

而终于还是来了
虽然等老了守夜的那人
终于等到了第一声哭
带来不止一千声笑
传说，终于成真

不是从风吹的波间

也非从海送的蚌里

而是粲然睁眼

从一朵刚醒过来的睡莲

我的维纳斯诞生

一九九九年十二月十日

只有你知道

1

刚为你写好一首诗

该怎么送给你呢

你住的地方若多风

就有只飞镖向你射来

一件不明飞行物

当行人都惊异地转头

只有你知道如何

一探手将它接住

2

刚为你写好一首诗

该怎么送给你呢

你住的地方若多水

就有只纸船向你漂来

顺着波光或霞光

当下游的人都不留意

只有你知道如何

一弯腰将它拾起

3

刚为你写好一首诗

该怎么送给你呢

你住的地方若多树

就有只奇禽向你飞来
停在最近的枝桠
当猎人都举起枪瞄准
只有你知道如何
一推窗将它救下

4

诗里究竟说了些什么
而看过之后你究竟
会露出神秘的微笑
或流下无奈的泪水
或是将美目闭起
让长睫缝住寂寥
世界上只有你一人
只有你一人知道

二〇〇〇年二月十二日

漏网之鱼 —— 戏答陈黎

"怎么，你还没上网吗？"

对着你惊讶的眼神

带一点苦笑我说

所以我还没落网

还不想就陪你去喂

那只通吃的大蜘蛛

所以我还是一条

逍遥的漏网之鱼

在网外的水光中

是南溟吧，游来，游去

二〇〇〇年二月十二日

你想做人鱼吗

海洋生物博物馆张臂说：
来吧，带你去梦游童话

你知道山高不及海深吗？
你知道地广不及海阔吗？
你知道海量是怎样的肚量？
你知道海涵是怎样的涵养？
海神的财富是怎样秘藏？
究竟有多少珊瑚和珍珠
多少海葵和海星，多少水母
浮潜出没，多少鲨鱼和海豚？
当恐龙在陆上都成了化石
雄伟的大翅鲸，抹香鲸
在亮蓝的高速公路上
却迎风喷洒壮丽的水柱
吞吐着潮汐，鼓噪着风波
满肚子沉船和锈锚的故事
比记忆更深，海啊，比梦更神奇
海藻的草原，水族的牧场
波下的风景无穷无尽
你想做人鱼来一窥隐秘吗？
不用穿潜水衣，背氧气筒
浪花的琉璃门一推就开了
下来吧，向陆地请假，来海底

二〇〇〇年二月二十一日

琉璃观音——观杨惠姗新作

虚明幻境，若浅若深

水是从天上来的吗？

为何浪花都悬在半空呢？

凌波的观音如此纯净

冰肌玉骨都已经透彻

为了将她绰约的神情

觑得更真切，我凑得更近

有声自淼茫之间传来：

"烈火大劫是永生之门

当一切都烧个干净

此身就修得了自由

这琉璃的清凉世界

原来在酷焰中炼就

看我，已百害不侵"

是谁在耳语传喻呢？

我转眄肘边的素衣人

又回顾琉璃的观音

谁幻，谁真，惊疑难定

而浪花为何仍悬在半空呢？

水是从天上来的吗？

二〇〇〇年二月二十三日

惊
心

青春正烦恼而中年忽至

中年正纷扰而老年骤临

正惊心于老境

而无情之大限已隐隐相催

碑石是从来不开玩笑的

对死亡我近乎无知

尽管圣人与哲人好意指点

而巫者与瞽者也存心相助

夜行人谁知该如何投宿？

难道碑石真的是店招？

但有一件事可以确定

到时与你终不免一别

那就是死亡的终极意义

当女主角已不在台上

灯火再灿烂，掌声再响

独自谢幕是怎样的沧桑

而如果先下的是我

留下你一人，也是同样

二〇〇〇年三月五日

投给春天

不知道春天是怎么入境的

为什么海关都拦她不了

只知道她来时闹热滚滚

亮丽的队伍彩帜缤纷

一队沿着民权路，扬着紫荆

一队沿着民族路，举着木棉

当紫荆艳极，落红满地

木棉就轰轰烈烈地点起

一场传火的接力赛

于是远在天南这海港

竟然也有了几分童趣

不论宣传车有多嚣张

就连大选的五色旗号

争占了无辜的安全岛

也遮掩不住唯美的花季

更无法阻挡我这一票

选来选去，只投给春天

二〇〇〇年三月十二日

水草拔河

如果时间是一条长河
昼夜是涟漪，岁月是洪波
　滔滔的水声里
是谁啊，隐隐在上游叫我
是谁，明知我不能倒游
　日日，夜夜
　却叫我回家去

如果时间是一条长河
昼夜是涟漪，岁月是洪波
　滔滔的水声里
是谁啊，隐隐在中游叫我
是谁，明知我不能停留
　日日，夜夜
　却叫我上岸去

如果时间是一条长河
昼夜是涟漪，岁月是洪波
　滔滔的水声里
是谁啊，隐隐在下游叫我
是谁，明知我不能抗拒
　日日，夜夜
　却叫我追过去

上游是谁在叫我，水声滔滔

中游是谁在叫我，水声滔滔

下游是谁在叫我，水声滔滔

水声滔滔，上游啊无路

水声滔滔，中游啊无渡

水声滔滔，下游啊无桥

　水声滔滔

只有滔滔向东的长河

翻着涟漪，滚着洪波

　滔滔的水声里

只有我，企图用一根水草

　从上游到下游

从源头到海口

与茫茫的逝水啊拔河

二〇〇〇年三月二十八日

无缘无故地

高不可睨的蓝水晶顶上

忽然飘过来这一绺轻纱

似飞似浮，似卷似舒

似一只慵懒的白孔雀在午睡

想必是久晴的长风

要测试它一气能吹多远

能把这即兴的风筝

放到究竟多高的空际

——那样凛冽的最上顶层

所有的鹰隼都被迫放弃

天使们全都警觉了

"够高了吧，够高了

神快要被冒犯了"

说着，就将它没收了

二○○○年八月十八日

于新英格兰旅次

桂子山问月

千株晚桂徐吐的清芬
沁入肺腑贪馋的深处
应是高贵的秋之魂魄
一缕缥缈，来附我凡身
夜深独步在桂子山头
究竟是清醒呢还是梦游？
梦游云梦的大泽，不信此身
真在九州的丹田，三国的焦点
偏又月色无边，桂影满院
怎么甘心就此入梦呢？
西顾荆州，唉，关羽已失守
东眺赤壁，坡公正夜游
听，大江浩荡隐隐在过境
正弹着三峡，鼓着洞庭
七十已过，此生早入了下游
不知大江今年是几岁？
奔波了几千万载，仍向前奔流
唤不回浪头滚滚，而大江永在
黄鹤楼等黄鹤要几时才归来？
而我，汉水是第几滴浪花呢？
大江是第几个浪头？

问顶上的半轮，清辉悠悠

李白还未及给我暗示

桂瓣纷纷，已落我一头

二〇〇〇年十月九日

附注：十月七日至九日去武汉参加华中师范大学举办的"余光中暨香港沙田文学国际研讨会"，住在该校校园桂子山。山有桂树逾千株，十月开花，已属"迟桂"，而异香满山，月下尤甚，落瓣遍地，有若秋魂，不忍作践。

再登中山陵

青琉璃瓦覆盖着花岗石白墙
在高处召我上去
去童年记忆的深处
乡愁隔海的另端
召我，从巍峨的陵门起步
两侧的雪松对矗成柱
是你的流芳吗，松涛隐隐
随风更传来秋桂的清馨
天梯垂三百九十二级
让我昂然向崇高踏进
踏着大键琴整齐的皓齿
一长排音阶，渐宏渐升
深沉的安魂曲，由低而亢
用脚趾，不是用手指，按弹
一步比一步更加超迈
直到气象全匍匐在下方
世界多壮丽啊，举我到顶点
一回头千万人跟在后面
而我，白发落拓的海外浪子
历劫之身重九再登临
不为风景，更无心野餐
不为费仙人有术避难
只为归来为自己叫魂
叫回我惊散的唐魂汉魄

为早岁的一场噩梦收惊

容我在你的陵前默祷：

"还记得我吗，远在战前

当年来远足的那个童军

剪着一头乌黑的平顶

从前的他，也许你记得

现在的我，只怕已难认

难认半世纪风霜的眼神

一念孺慕耿耿到现今

即使这高阶再高九千级

也难阻此心一路向上

只为了要对你说：

不管路有多崎岖，多长

不管海有多深，多宽广

父啊，走失的那孩子

他终于回来看你了"

二千年重九前夕于南京

牵挂

——题王攀元画境

再攀也攀不着，一弯月亮

再挽也挽不回，一丸夕阳

再寻也寻不到，一座古屋

无论黑犬如何追

或是孤雁如何赶

愈来愈深的暮色里

只剩下一根地平线

似久断又似相连

一端牵在梦那头

一端挂在海这边

二〇〇一年一月五日

霓虹同心

为了跨越海峡的风浪

让我用几何的美学

来设计两个同心圆

一里一外的弧度

则雨过天青

自西而东，你是那虹

自东而西，我是那霓

粲丽的里弧，是你

就让我做你的外弧

隐约的霓彩，将你守护

那看不见的圆心啊

是两弧同心，交叠在一处

二○○一年一月七日

红
豆

戴在腮边就是叮咛的耳环

佩在胸口就是体贴的项链

让邮票，传说中的青鸟

一路飞送衔来你掌中

挑情的颜色艳如火红

什么都不用说，什么

都代我，羞涩的我，说了

我要说的，唐人早说过

我怕说的，它说得更赤裸

不能寄你一整个春天

但请收下我长久的思念

凝结成的这一滴心血

二〇〇一年二月二十一日

1

丁香丁香，清香隐隐

是谁在风里细细地叮咛

那样动听的名字，是谁

取来昵称自己的情人

美名虽然早已经传遍

至今才有人教我指认

惊艳，却在春来的历城

正是李清照的故国，难怪

千年后纵使清明无雨

依然是叶掩芳心，花垂寂寞

或白似腮雪，或绯比颊晕

四瓣含羞串挂在梢头

从此，在树下匆匆路过

总不忍心就移目或移足

痴望不餍，方才要转身

忽又幻觉粲丽的深处

有声嘤嘤在唤我，是谁

用芳泽细细唤我回头呢

惊疑间，我贪馋地仰面

嗅不尽那一片绯氛迷情

恍然，记起什么是年轻

2

一阵风过，落英纷纷

等寄到你的手里

只怕除了绮想的名字

剩下的已非红颜

二〇〇一年四月十六日

谜底

寂寞的湘夫人啊
只为她缥缈的裙褶
令人找遍了神话
她带的是云的面纱

黄昏是她的笑靥
那样动情的羞怯
朝我慢慢回脸
转过来半天的火霞

有时乘我不留意
雨背后躲着仙踪
惊艳一截断虹
会和我遽打个照面

有时灰美人会飞过
我的阳台或屋顶
披一袭忧郁的雨云
那是湘夫人哭了

神秘的湘夫人啊
几时能让我揭秘呢

揭开她纱后的谜底

凡眼绝望的禁区

一缕缕霞带，唉，一层层云衣

二〇〇一年六月十九日

夜
食
燕
窝

夜食燕窝

据说能安眠，补脑

清甘的唾液一入喉

为何竟听到

一窝小雏嗷嗷在哭呢？

而连连的噩梦里，为何

有一声带血的呢喃

总是飞撞

在我阴郁的脑壁上呢？

二〇〇一年九月十日

九月之恸

九月啊，黄道的几何学为何

变成了黑道的美学了呢？为何

秋分的锋芒尚未抽刀

太阳就已经掉头而去

不顾我们的北半球了呢？

为何金色的季节竟然变脸

成了黑色的月份了呢？

为何塌下来，七重天

为何翻过来，十八层地

为何，山，崩了开来

为何，楼，倒了下来

亲人啊情人啊邻人啊

都被谁掳去了呢，为何

把眼泪哭成雨季，一夜九百公厘

都再也赎不回来了呢？

幽幽是失踪的眼睛，永不瞑目

在九月的噩梦里，冥冥

正寻找着我们，无助的呼吸

正等待着我们的回应

世纪的窄门啊如此地难过

是怎样的门神，不放过我们呢？

让我们用哀思砌成公墓

同声颂祷，愿亡魂都安息

愿九月降下黑旗，把金徽升起

让我将这首挽歌刻成石碑

献给九月一切的受难者

九二一,九一一,九一七,不管

他信的是什么神,祷的是什么告

不管把他带走的

是烈火熊熊,是洪水汹汹

是大地破胎的阵痛

二○○一年九月二十一日

情人节

一年有三百六十五天

你问我情人哪一天过节

是七夕吗，天河也可渡？

还是上元呢，花市好等人？

还是圣范伦丁的好日子

满溢玫瑰和巧克力

当情人一笑如玫瑰绽开

而情人一吻如巧克力入口？

都不是的，啊，都不是

握住你的手，我说

一年三百六十五天

唯你的生日才是

我命中注定的情人节

你的降生是爱神所授意

你一笑，是爱神在示宠

而一吻，是爱神亲口

用烧红的火蜡缄封

二〇〇一年十月十九日

马
年

听说十二载才一次轮回
向辽阔的黄道让我侧耳
听神话的深处有无蹄声
隐隐地传来。历书都已上市了
说小寒初临，大寒将至
天河未解冻，溅不起水声
但冷血的蛇尾已经要入洞
躲避骤来的前蹄踢踏
踏破荒凉的冻土。大地寂寂
只等神御者造父，或神探伯乐
向旷野一声唿哨（像西部好汉
一声 whistle 就召来了坐骑）
向秦俑的阵旁，胡兵的胯下
向曹霸的绢素，唐匠的三彩
唤回秦琼啊英雄末路
忍痛卖掉的黄骠，唤醒
昭陵的六匹神骏，久被石囚
唤起什伐赤，特勒骠，白蹄乌
青骓，飒紫露，还有黄身黑喙
拳毛騧峻耳披竹，傲骨成棱
扬蹄一嘶就半天风云
骁腾啸引着骏逸呼应着骁腾
　　涉过天河
　　跨过天堑

奔过沙场

逐过中原

更越过高速路上所有的 Benz

不驯的宝马，桀骜的 Jaguar

越过飙车族，铁蒺藜，拒马拒马

发一声长嘶跃过了年关

跃进没有英雄的年代

当懦夫与骗子只会鞭策着驽骀

而我，伏枥的老骥，筋骨犹顽

四百匹的马力，久未驰驱

只等万蹄踢踏遍江湖踹来

带动大地的胎气，一声霹雳

卷地的长风把蛇腥吹开

迎马年要迎头迎接马首

莫等马过了追马尾，拍马臀

二〇〇二年一月十三日

寻
虹

常向雨霁的远空寻找

名字叫虹的神秘丽人

但她太羞涩了，倩影飘逸

可遇而不可求，惊艳一瞥

就失去了行踪，直到

有一天遇见了一个仙人

可怜痴心的我，笑说

拿去吧，这里面有你的梦

那是一块奇幻的三棱镜

它能用巧手，一瓣又一瓣

把光，像花瓣一样剥开

太神奇了，夺目的七彩

竟释放出一匹虹来

望着仙人渐杳的背影

我顿悟，原来虹啊

就脉脉隐含在光中

二〇〇二年二月一日

花开花落

紫荆花开满了港城

那样瑰丽而缤纷

究竟要等待谁呢

问罢长堤问灯塔

灯塔与长堤不回答

空城落满了紫荆花

油桐花开满了山县

那样寂寞而白艳

究竟要等待谁呢

问罢山线问海线

海线与山线不回答

空山落满了油桐花

究竟要等待谁呢

从年底等到早春

究竟要等待谁呢

从清明等到初夏

从空城问到空山

谁啊能给我回答

二〇〇二年四月二十七日

钟声说
——为母校南京大学百年校庆而作

大江东去，五十年的浪头不回头

浪子北归，回头不再是青丝，是白首

常春藤攀满了北大楼

是藤呢还是浪子的离愁

是对北大楼绸缪的思念

整整，纠缠了五十年

铁塔铜钟，听，母校的钟声

深沉像是母亲的呼声

呼迟归的浪子海外归来

缺课已太久，赶不上课了

却赶上母亲正欢庆百岁

玄武仍潋滟，紫金仍崔巍

惊喜满园的青翠，月季盛开

风送清馨如远播的美名

浪子老了，母亲却更加年轻

江水不回头，而大江永在

百年的钟声说，回来吧

我所有的孩子，都回来

回家来聚首重温慈爱

不论是头黑，头斑，或头白

二〇〇二年五月八日

两个情人节

华伦丁后一天是元宵
连过了两个情人节
是老了两岁呢，我们
还是年轻了两岁？

元宵前一天是华伦丁
连做了两天的情人
是一天只爱一半呢，我们
还是一天爱两倍？

而过完连心的情人节
剩下的日子怎么过？
是爱得越来越淡呢，我们
还是爱得一样多？

"看你啊真够傻"
她只轻轻一吻
就封住了我的嘴唇
止住了喋喋的蠢话

二〇〇三年二月二日

疫情，爱情

听医生郑重地警告

说 Sars 一上身

体温会跟着上升

而呼吸啊

会变急

我暗暗地笑了

不觉得有多可怕

只觉得他讲的似乎

不是病毒

而是你

二〇〇三年六月十三日

祈
祷

让我们一同祈祷吧

跪在受难的土地

让手指紧靠着手指

让掌心紧贴着掌心

让眼神与眼神凝聚

让心神会合心神

在同病的劫难之中

同心同声地祈求

瘟疫明天就终止

大限是高温的夏至

让罹病的人能得救

让隔离的人能自由

让耳温枪支都放下

防毒面罩都摘除

让咳嗽都变成唱歌

让逝者都往生有路

让成仁的白衣战士

都羽化成白翼天使

在祷告声里冉冉上升

让我们在大劫之后

凡妈祖、嫘祖的孩子

传染的不再是病菌

不再是可疑的 Sars

而是彼此的笑声

二〇〇三年夏至前夕

粥
颂

记得稚岁你往往

安慰渴口与饥肠

病了，就更加苦盼

你来轻轻地按摩

舌焦，唇燥，喉干

与分外娇懦的枯肠

若是母亲所煮

更端来病榻旁边

一面吹凉，一面

用调羹慢慢地劝喂

世界上有什么美味

——别提可口可乐了

能比你更加落胃？

现在轮到了爱妻

用慢火熬了又熬

惊喜晚餐桌上

端来这一碗香软

配上豆腐乳，萝卜干

肉松，姜丝，或皮蛋

来宠我疲劳的胃肠

而如果，无意，从碗底

捞出熟透的地瓜

古老的记忆便带我

灯下又回到儿时

分不清对我笑的

是母亲呢，还是妻子

二〇〇三年八月三日

翠玉白菜

前身是缅甸或云南的顽石

被怎样敏感的巧腕

用怎样深刻的雕刀

一刀刀，挑筋剔骨

从辉石玉矿的牢里

解救了出来，被瑾妃的纤指

爱抚得更加细腻，被观众

艳羡的眼神，灯下聚焦

一代又一代，愈宠愈亮

通体流畅，含蓄着内敛的光

亦翠亦白，你已不再

仅仅是一块玉，一棵菜

只为当日，那巧匠接你出来

却自己将精魂耿耿

投生在玉胚的深处

不让时光紧迫地追捕

凡艺术莫非是弄假成真

弄假成真，比真的更真

否则那栩栩的蠢斯，为何

至今还执迷不醒，还抱着

犹翠的新鲜，不肯下来

或许，他就是玉匠转胎

二〇〇四年一月三十一日

绝食者

最早的种树人无树可遮
凭你顽固的头颅
就能把满天风雨顶住？

革命是一座美丽的蜃楼
前门旗帜辉煌
后门对着暧昧的小巷

各就各位吧，你的继位者
拱在高高的殿堂
而你，蹲在楼下的广场

没有选票，也没有敌人
你已经一无所有
除了一个归零的圆顶

饿吧，没有英雄的年代
损人不如损己
饿瘪你满肚的不合时宜

饿剩终极的寂寞与干净
抖一抖两袖空空
雨衣不带走一片疑云

二〇〇四年三月二十六日

漓
江

黛髻青鬟，南国有恁多丽人
　　争妍要照影
　　却苦了地灵
何处去寻找够长的妆镜

于是从上游的湘烟楚霭
　　聪明的漓江
　　浅浅地笑着
在两岸的娉婷之间流来

而我们，自幸受宠的美学家
　　左顾也惊艳
　　右盼也叹绝
趁涟漪的靥涡顺流而下

错过的远比窥到的更多
　　瞻前便遗后
　　顾近又失远
贪看岸上，又觉水中更诱惑

目迷，心乱，五十里的奇观
　　峰外还有峰
　　峦上更多峦
出不尽七千个峰头的大展

而更多的奇迹在地下深藏

　　钟乳垂长旌

　　石笋矗高柱

地府已如此，又何必羡天堂

二〇〇四年四月二十五日

虹是雨阿姨带泪的笑声

使风景惊愕，一绽天启

一扇门，是为谁开关

一道梯，是等谁下来

一座桥，是接谁上去

雨姨说，虹是她的孩子

嗜光，嗜水，为日神而生

光入水而成孕

睽睽七色的眼神

一回头，美，已诞生

出没无常，明灭任性

虹孩的身世成谜

雨说，她藏在我的镜内

日说，她睡在我的光中

霓说，她偎在我的怀里

二〇〇四年七月三十一日

永春芦柑

一对孪生的绿孩子

乡人送来我掌中

圆滚滚的肚皮

酿着甜津津的梦

梦见天真的绿油油

熟成诱惑的金闪闪

把半山的果园

烘成暖洋洋的冬天

向山县慷慨的母体

用深根吮吸乳香

爬上茂枝，密叶

向高坡索讨阳光

轻的变重，酸的变甘

直到胀孕的果腹

再包也包不住

蠢蠢不安的瓤瓣

于是村姑上梯来

来采满筐的金果

去引诱垂涎的馋客

安慰干喉与燥舌

二〇〇四年八月三日

附注：芦柑是我家乡福建永春的特产，汁多味甜，种
于陡坡，熟于冬季。

心路要扶

传说有一条小路曲折

通向我寂寞的内心深处

我困在里面，无法走出

坚强的手臂啊温柔的眼神

请为我带路，走出迷宫

走出崎岖，走出浓雾

带我出去找我的母亲

找我的朋友，我的前途

把我带出这茫然的无辜

有力的手啊，给我扶助

温柔的笑啊，给我鼓舞

这深深的狭谷，带我走出

不要将我忘在这里头

整个亮丽的世界啊

在外面等我呢，等我去加入

二〇〇四年九月二日

——应心路基金会之请为寂寞的障友而作

月
缘

天外有一枚卫星
当夜色如谜
不管隔好几万里
都能够鼓动我海啸
心血无端就起潮

是魂魄投下的阴影
是绮思留下的水印
从初一到十五
是回忆的后视镜么
还是预感的水晶球

一抬眼，一回头
不时意外地与你
脉脉的眼神相遇
问你，总不肯应我
又似乎暗示了许多

有时，是一钩神秘
有时，是满面惊喜
有时却黑纱低垂
黯然的星空
癸期是阴历的轮回

即便是浑圆的完美

也难掩点点斑斑

陨石纷坠的心事

害我的梦有时涨高

有时，又落回低潮

二〇〇五年一月七日

休止符之必要
————
远寄痖弦

休止符之必要

让竖笛和低音箫

歇一下吧，把一切无奈

都交给余音去袅袅

一辈子多长啊余音就多长

休止符之必要

如歌的行板已经变调

最后总是留下了诗人

天蓝着汉代的纯蓝

基督温婉古昔的温婉

罂粟仍在诗人的田里

观音山劫后仍是观音

台北选后还是否台北

休止符之必要

久寂之弦要重调

只有休止符能证明

是真的歌必然有回音

二○○五年一月九日

诗人痖弦之妻张桥桥女士，上周六逝世。余光中先生
闻讯深有感慨，遂化用痖弦《给桥》《如歌的行板》等诗
著名词语，成诗一首，远寄好友。(联合报副刊编者)

四岁的小酒涡

嘴边的酒涡虽然太小
醉汉的暴怒已无法躲掉

飙车更嫌太早的年龄
高速路竟跟死亡赛跑

红灯不祥，救护车凄厉的呼声
叫不开紧闭的医院铁门

半张床都睡不满啊
却没有空床容得下你

马拉松十四天，阴阳拔河
最后还是被阴府掳去

这世界欠你已经够多
却叫你连肝脏都留下

眼角膜就带走吧，妈妈哭道
免得你迷路回不了家

二〇〇五年一月三十日

附注：美丽可爱的邱姿文，因父亲家暴天亡。当时重伤送医，医院以病床已满拒收。所留肝肾分捐给两个病人。

望峨眉金顶

曾经，随父亲的病体入川
　　母亲温暖的手掌
也曾牵我的小手登山

而今，父亲的坟墓在乐山
　　对着大佛的侧影
江水悠悠，碑石不可寻

母亲的骨灰坛远在岛上
　　火劫过后的前身
海水悠悠，何处去招魂？

昊天啊罔极，后土啊无尽
　　孺慕向谁去诉说？
天高地邈，只剩我一人

多想问一只峨眉的老猿
　　我幼稚的小脚印
六十年后，还在金顶么？

二〇〇五年三月三日

附注：吾妻我存稚岁，正值抗战，为避烽火，曾随父
母入川。其父范赉乃浙江大学教授，原拟携眷赴成都

四川大学任职，病重滞于乐山，不久殁于肺疾。我存小学时期便在大佛足下度过，十岁那年曾随母亲直上峨眉金顶，印象极深。七年前，我陪她去乐山找父亲坟地，古碑竟已无迹可寻。我存母亲殁于高雄，厝骨元亨寺。今年元宵，我陪我存去峨眉山，怜她孺慕耿耿，为写此诗，以遣孝忱。

在大河起源的高原

一老者趺坐于沙丘

初融的雪水清浅

在他的脚底路过

向下面那世界奔流

膝头的古琴只等

修长的指尖一落

神经质的弦上

就松开敏感的筋络

放出一只、两只、三只

接翅而起的寒禽

冲破高原的肃静

直到空中的翼影

翩翩排成了雁阵

是河在流着呢还是

时间在下面流过？

是沙在静静地听着

是整片高原在应着

天盖地载的寂寞？

沙，也有耳朵么

一千里之内，除了

老者与煮茶的小厮

下风可还有一只

耳朵竖起来听么？

琴声悠悠能传到

昭君或李广耳旁么？

昭君有哭泣，李广

有停下马来听么？

丝路的驼商络绎

有回过头来找么？

面向无边的空旷

背着入神的现场

老者无言，琴声袅袅

在他的指间起落

尾声转缓更依依

呼应着雁阵的回旋

愈回愈低愈低回

飞回老者的怀抱

曲终了么，沙漠问道

是雁阵收回了琴匣

　究竟，还是

琴声散落在天涯？

二〇〇五年三月十六日

1

"你的伤已经积压太久了"

那推拿师说，"也许

要一路追踪到童年

见不到光的一个角落"

于是他无敌的外肘

电钻一般向我的要害

向地下秘道的环跳穴口

狠命地锥入，惊呼声中

更沿着螺旋纹的绝情

越拧越紧，将我的宿魔

穿过永无止境的酸筋

在盲目的黑洞加速逼进

闯过风市口，撞开膝阳关

掠外丘急转而下

直抵足窍经底的麻站

2

那疯狂的触觉，呻吟声中

分不清是受罪或过瘾

只觉得判得太重了，酸刑

一生的拧扭，挤榨

攀不尽的梯级，爬不完

的坡路，上坡又下坡

跨不尽的门坎啊

跳不完的沟壑

一步步，一辈子

十秒就翻遍了辛酸史

——母亲正大叫，要小心

忽然我失衡，头重，脚轻

佛洛伊德要旁敲侧击

才追获的童年，推拿师

一旋肘就直捣麻穴

3

正惶恐这酸关如何能过

突然绞刑一松

万水千山

又回到榻上的我

二〇〇五年三月二十七日

棋
局

——

观棋的手痒，七嘴八舌

指指点点，楚河这一边

有人催渡河，有人说，不可

棋子们进退两难

车都塞车，马都蹩脚

炮都不举，卒都溃散

但一过了河，车就畅行

炮就轰动，马就奔腾

三十万过河的卒子

就忽然恢复了生气

一进了汉界，棋局

就不再是僵局，是活棋

此岸的弈者沉不住气

斥车马，呵仕相

却一直举棋不定

而每次草率落子

立刻又想要悔棋

更拍案而起，嚷嚷

"你们不过是棋子

我，才是棋盘的主人！"

而对岸，汉界的弈者

080

神情淡定，一言不发

只偶然端茶

浅浅喝一口铁观音

二〇〇五年五月十五日

阔如手掌的一块砚台
温润亦如吾友的掌心
端溪的清流所濯，人称端砚
斧柯山间的辉绿岩所孕
肌理细腻，纵贯着石体
黄褐绸缪，暗走着龙纹
六只石眼，一半在正面
一半在砚底，象牙色的胎记
有神秘的黄斑，像在窥人

这名砚，是楚人所赠
用一只红漆木盒所装
盒盖刻成石榴的形状
掀开石榴，捧出了礼品
惊喜的心情有一点心虚
那儒雅的楚人笔矫蛟龙
而我下笔只能涂蚯蚓
我有诗千首，十九不能背
他随口记诵，吐金石之宏音

笔会秃，纸会破，墨不经磨
文房四宝之至久，至坚
是此砚，见证书圣的灵感
曾经如此的顽石，不，灵石

来接生，如此的灵石，水浸

墨碾，敏感的毫端舔舐

见证了多少墨宝，或行或草

在研磨的异香里运思

在落笔之前等待神来

六眼与我睽睽地对视

像是那楚人对我的期许

且将清水注入了砚池

用一块徽墨细细磨开

只为怀念远古的芬芳

太久了，不曾熏我的书房

只为这点滴的清纯或许

能遥通汨罗，连接潇湘

二〇〇五年五月十五日

汨罗江神

烈士的终站就是诗人的起点？

昔日你问天，今日我问河

而河不答，只悲风吹来水面

悠悠西去依然是汨罗

所有的河水，滔滔，都向东

你的清波却反向而行

举世皆合流，唯你患了洁癖

众人皆酣睡，唯你独醒

逆风而飞是高昂的令旗

逆流而泳是矫健的龙舟

急鼓齐催，千桨竞发

两千年后，你仍然待救吗？

不，你已成江神，不再是水鬼

待救的是岸上沦落的我们

百船争渡，追踪你的英烈

要找回失传已久的清芬

旗号纷纷，追你的不仅

是三湘的子弟，九州的选手

不仅李白与苏轼的后人

更有惠特曼与雪莱的子孙

投江的烈士，抱恨的诗人

长发飘风的渺渺背影

回一回头吧，挥一挥手

在浪间，等一等我们

二〇〇五年五月二十一日

附注：此诗为国际龙舟节而作。今年端午，有英、美、澳大利亚及中国各处的船队将在汨罗江上参加竞赛。事详我的散文《水乡招魂》。

大
连

长腿细腰，帅气的女警
亮眼的制服蓝白对映
　　多悠闲的手势
就把满街的车潮牵引

车潮接成一盘盘洄涡
绕着广场的气派旋转
　　巍峨的石基上
泊着一艘魁梧的古船

见证这都市本来是海港
　　偏北而且多雾
一位爱戴面纱的美人
难得让你把她看清楚

追述家谱，多是山东老乡
纬度高了，半岛的游客
　　俄文交替日语
不时在海风里飘扬

上上个世纪，他们的祖先
就已经在此睥睨海景
　　不是来做游客
是做帝国派遣的水兵

沙皇与天皇，旌旗浩荡

招展在爱新觉罗的波上

　把我们的内院

当作他们公然的战场

沿着逍遥的滨海公路

日落时莫向苍茫吊古

　西去，是旅顺口

南去，是北洋舰队的公墓

二〇〇五年八月十三日

致杜十三

笔，真的胜不了剑吗？

诗人扮刺客，终非上策

首先是兵器不合

用话筒，不用笔锋

其次是文体不对

不用诗，却用了散文

那是法律的禁区

潜入森严的相府

本应飞檐，挂壁

用隐喻的暗器

去追暧昧的梦魂

一路只要当心

莫以十三撞七力

无论分身或本尊

*编者注：本篇无写作时间。

昙花冬至

凛冽的冬至，寂坐苦修

而你，皎艳深裹

像一只白孔雀，忽然开屏

令夜色暗吃了一惊

这奇迹，竟由我来见证

天机无私也不忌凡眼

复瓣绽出了金粉迷离

蕾蕊暧昧欲想入非非

最长的一夜，最短的一瞥

奢不可遇而竟然得睹

这仙迹，怎么留得住呢

留下证据你真的来过

除了这一首不明究竟

是颂诗呢情诗呢还是挽歌

二〇〇五年十二月二十五日

寸心才动，墨迹落纸

笔势呼应着腕势

便随缘展开，阴阳互激

便围绕着笔尖旋转

令鬼神都为之蠢蠢不安

而从浑沌的深处，手起

手落，召来九万里长风

大鹏正高举，耳际的呼啸

该是，造化吗，在重整秩序

笔势正蟠蜿，蓄而不发

忽然一顿，如椽的大笔

天柱岌岌向南猛推移

一切江河，紧急，都煞住

只为让天柱由此过路

停笔之前，有谁敢拦阻

笔止，而气势不休止

长驱的天风浩荡，正开始

二〇〇六年四月二十一日

水 母

美艳的海妖，姿态曼妙
柔而无骨，白纱的长裙
随海流婆娑起舞
冉冉飞升是一朵晴云
翩翩下降是一顶跳伞
切莫拜倒在她的裙下
裙边多刺，一针，就不治
但死亡之舞却不堪风浪
自远洋来袭，她能预感
次音波传来的骚动
收到十三赫兹的高频
及时，遁入海底的秘宫

鹦鹉螺

盘旋自蜷，周身没一条直线
无楼的躯壳分成
一扇扇弧形的隔间
用一条密道串联
充水，就匍匐地潜下
鼓气，就飘飘地腾升
外壳起伏着红褐的波纹

壳内孕着真珠的光润

穗丝排着六十对触手

捕食过后就攀在岩上

不让自己在梦中漂走

一对大眼睛，可以倒游

昼伏夜出，从五百米深处

海神说：多聪明的孩子

是我，寒武纪前所亲生

要等五亿年凡人才领悟

潜艇怎样学它的泳姿

海不枯，石不烂

每个人的家谱追溯到远古

你知道吗，都是一条鱼

深海远洋，才是我们

最早的故乡，怀乡正是怀古

望海的眼睛，因此，都着迷

似乎记起了什么，却说不清楚

水族的历史，人类的身世

在岸上，在藻间，在水底？

听得懂海豹的狂吠吗

鲸鱼的腹语，海鸥的悲啼？

迷雾与罗盘之间，神话

从何处起头呢，而科学

在何处接手？恐惧与好奇

该如何区分？星陨、海啸、地震

我们的星球，雷摧，电劈

火灾与水灾交替的地狱

要等几亿年才到人间？

这历劫的惊险，要问

幸存的盲鳗与鹦鹉螺

或向红龙与巨鱿去求证？

上船吧，探险的潜艇

会带你深入墨蓝的梦境

去探寒武或侏罗的现场

虾蟹从不吐露的隐情

二〇〇六年六月二十三日

见　证

一千三百年足以见证

安史之乱最憔悴的难民

成就历史最辉煌的诗圣

草　堂

漂泊在西南的天地间

草堂怎能比得上宫殿

草堂不能为你蔽风雨

宫殿又岂能挡住胡骑

当所有的宫殿都倒下

唯有草堂巍立在眼前

草堂，才是朝圣的宫殿

秋祭杜甫

乱山丛中只一线盘旋

历仄穿险送你来成都

潼关不守，用剑阁挡住

蜀道之难，纵李白不说

你的麻鞋怎么会不知

好沉重啊，你的行囊

其实什么也没带

除了秦中百姓的号哭

安禄山踏碎的山河

你要用格律来修补

家书无影，弟妹失踪

饮中八仙都惊醒成难民

浣花溪不是曲江

却静静地绕你而流

更呢喃燕子，回翔白鸥

七律森森与古柏争高

把武侯祠仰望成汉阙

万世香火供一表忠贞

你的一炷至今未冷

如此丞相才不愧如此诗人

草堂简陋，茅屋飘摇

却可供乱世歇脚

你的征程更远在云梦

滚滚大江在三峡待你

屈原在召你，去湘江

一道江峡你晚年独栖

雉堞迤逦拥你在白帝

俯听涛声过峡如光阴

猿声，砧声，更角声

与乡心隐隐地呼应

夔州之后漂泊得更远

任孤舟载着老病

晚年我却拥一道海峡

诗先，人后，都有幸渡海

望乡而终于能回家

比你，我晚了一千多年

比你，却老了整整廿岁

请示我神谕吧，诗圣

在你无所不化的洪炉里

我怎能炼一丸新丹

二〇〇六年八月二十九日

附注：九月八日上午，应成都文化局之邀，专程去草堂祭拜杜甫，仪式单纯而有意义。先在"诗史堂"向诗圣铜像行三鞠躬，献上百合与白菊。再到"唐风遗址"，为林荫下面新刻的《乡愁》石碑揭开红绸，并在碑旁领受了一棵枝繁叶茂已历七十春秋的黑壳楠，草堂馆方谓之"诗人树"。最后又为草堂题诗，并为读者签名。下午更在"藏经楼"与流沙河、杨牧、张新泉、梁平、柏桦等成都作家座谈。

白象入胎

众生相里，有何相
比象体更加尊贵
诸色之中，有何色
比白色更加纯洁
净饭王神秘的宫中
摩耶夫人正做着美梦
梦见福田植下了佛种
只等右胁开胎
将法王堂堂迎下世来
天上地下唯有他独尊
每一寸土都踏出莲花
每一株树都坐成菩提
三界沉静，七曜透明
二龙在空中喷瀑
为他行天浴的典礼

未生怨

城高楼险，禁卫森严
阿阇世将双亲囚在里面
要饿死父王，弑害母后
只因他前身入山为道人

父王久等他转世投生

来继承王位，不耐烦再等

便遣人上山杀死了道人

王后却并未怀孕，巫者说

道人已投胎变成了兔子

御苑深处正自由奔驰

于是再下令杀兔，王后

果然怀胎诞下了太子

阿阇世终于发现前世

为早继王位，已被害两次

生他的父母是杀他的仇人

一怒向双亲逼偿前命

不惜弑父，弑母更弑君

这生生死死矛盾的死结

恩怨纠缠该如何解决

幸而祥云冉冉自半空

载着佛陀降落在苑中

教杀生求嗣的罪人

　　阿弥陀佛

观想修行如何求解脱

雷　殛

赫赫轰轰，是金刚在发怒

庞庞沛沛，是药叉在示警

电目闪闪，无所逃于天地

霹雳乍发，抱头掩耳都来不及

天色，无比地难看

天意，无比地坚决

一应的恶业恶念都必须

力贯三十三重天

彻底用重雷赶绝

观世音

光轮炎炎，如戴日冕

光轮冰冰，如照月镜

长带飘风，拂身影之婷婷

慈目俯窥，如合，如寐

左手握的，是杨枝或宝瓶

右臂轻垂，纤指半舒

将苦海的难民接引

有求必应，只要念她的名号

只要仰面祈祷

最卑微的愿望也获天听

飞 天

佛法无边，大千世界有三千

天外有天，仙上飞仙

一重重三十三重天外天

菩萨的云程昊气无阻

或长虹或断霞或彗尾曳着彩带

流星雨是璎珞缤纷

或抱琴或吹笛或手持莲花

终于越瀚海都飞来敦煌

莫高有三百七十窟可寄

翩跹有四千又五百来去

佛法无边，纳须弥于芥子

一念纳三十三天于洞天

伎乐隐隐，洞顶犹可闻

龛楣飞天

大千世界传三千

彩带缥缈九重天

飞天仙侣多几何

来去倏忽无着落

排云御气越太虚

刹那碧落变霞火

101

人间望断日头沉

疑是仙踪从此没

但得巨手牵长幕

当见极光转天轴

三界来回一念间

络绎群仙倏无数

二〇〇六年十二月四日

火　　有罪的是我贪嗔的肉身

葬　　无辜的是我转世的灵魂

　　　　女娲阴阳的洪炉里，投我

　　　　让极光煽动骇目的烈火

　　　　把仓颉的方砖重新修炼

　　　　来补共工撞破的恨天

　　　　　　　　　二〇〇六年十二月十七日

雀斑美人

对着地球的背日面失眠

那下面全熄灯了吧，人间

森罗的宇宙亘古不变

知名的，无名的亿兆星斗

一丛丛，一簇簇，一涡涡

无量数的密码，灿灿的暗号

（圣人与天才，谁能解破）

标点着诡谲的，唉，永恒之脸

阿姆斯壮来了又去了，留下

惊疑的足印，寂寞的旗

不停的陨星雨彻夜来袭

不眠的天文镜仍张望

偷窥我无可隐秘的裸体

无水来滋润，无云气可披

笑我的陨星穴是麻脸卫星

卫星纷纷，从各国升入了浩气

外太空的忙碌更显得荒寂

古代诗人用唯美的名字

百般仰赞我，用埃及，波斯

希腊的音韵，却有位诗人

夜夜在海峡望我到颈硬

取的名最好，唤我作雀斑美人

碧海青天，谁体会有多孤单

宁静海边，风暴洋上

古来的神话，最贴心的一则

是逃世的姮娥逃出那下界

雀斑点点，不知哪一颗

是她，在那疯狂的一夜

乘着火陨星来投奔所撞成

有时，我真想揽月，啊不

真想用反照的地球为镜

照一照自己的传说

看沧桑历尽后，究竟

还剩下多美，记不清

星谱上我已经多少万岁

二○○七年一月十三日

台东

城比台北是矮一点
天比台北却高得多

灯比台北是淡一点
星比台北却亮得多

街比台北是短一点
风比台北却长得多

飞机过境是少一点
老鹰盘空却多得多

人比西岸是稀一点
山比西岸却密得多

港比西岸是小一点
海比西岸却大得多

报纸送到是晚一点
太阳起来却早得多

无论地球怎么转
台东永远在前面

二〇〇七年三月三日

106

飞过观音山

每次要降落在松山
机翼斜时就惊喜
菩萨的卧姿真曼妙
像乘着蜻蜓点水
凌波将绰约飞绕

无比奇丽的雕品
多少朝山者的眼神
在水天之间，顺着
丰盈而变幻的体态
与山势共转过来

闻说你三十有二相
不变是慈悲的心肠
十万亿佛土外
任谁仰呼你法名
立地都能得接引

我在西子湾的龛头
长供你高贵的立姿
曾想把圣体横放
如关渡隔水的模样
却不敢妄渎造次

而不论是立，是卧

在不解惜福的乱世

也只有跪地祈求

你千臂能伸一指

或千眼能投一瞥

或许，这福岛还可救

二〇〇七年七月二十一日

1

老来多梦，白头压不住沧桑

卜者为我掷筊问神明

告诫我，要多诵金刚经

宜焚香静坐，不宜远行

就这么入了鬼月，在家株守

不伴妻女去泉州，苏州

圣帕挟雷电而卷来，势盖全台

骤风骤雨里独咽寂寥

苦味卜者对诗人的警告

"七月要当心，阴气太重

你筋骨犹健而气血不足

要潜心吐纳，善自修养

要练魍魉不侵的元气"

2

诗人怕鬼吗？诗，本通神

八卦与六书能把鬼吓哭

奥菲厄斯，日神与缪思所生

琴韵铿铿迎风只一拂

便引来了禽兽，领走森林

铁面的冥王也黯然落泪

幢幢众魅不由不侧耳

将夭亡的新娘，尤丽蒂希

还给他一路领回人间

只恨琴圣伤心太情急

阴阳大限差一步就可逾

乍一回眸便千古留恨

恨爱妻失而复得，得，而再失

3

诗人乃神之子，天人无间

一琴在抱，更阴阳无阻

金羊毛号英雄的船头

高调能盖过夺魂的女妖

却不能唤醒酒神的太妹

希腊的摇滚撼人欲狂

救不了自己，身分五处

九缪思合力才拼得成

诗人必死，唯诗能起死回生

情人必分，音乐却可以招魂

琴在，情就在，诗在，思不绝

即神妒天谴又有何惧

更何畏众魅来扰枕底

4

即鬼月之幽昧而可疑

偏七夕的星河更灿烂

为人神之爱而交闪

即中元之鬼节，桥名奈何

岂敌鹊桥之多情可渡天津

且焚香静坐，念此生之悠悠

两番战火，幸慈母一手牵引

中年哀乐，有爱妻半生相陪

孕怪胎于南海，台风三匝

如车轮之辗转，相继来犯

诗情不坠，终将护我出鬼关

而仰见中秋之朔尽望来

重九之日月交辉，阴消阳盛

二〇〇七年八月二十七日

天妒佳偶，只横刀一分

就把美满截成了两半

一半归战前，一半给乱后

亦如金兵劈大宋的江山

成南宋与北宋，即使岳飞

也无力用头颅讨还

无情的刃锋啊过处

国破之痛更添上家亡

凭爱情，怎么能拼得拢呢

才女沦落江湖成难民

爱妻一回首成了遗孀

菩萨蛮

鹧鸪天

声声慢

难堪最是迟暮的心情

最怕是春归了秣陵树

人老了偏在建康城

梦里的沧桑，镜中的眉眼

难掩半生曾经的明艳

曾经战前两小的亲昵

绰约风姿，只能寻寻觅觅

向小令的字里行间

112

莲子虽心苦，藕节却心甘

情人遗憾，用诗来补偿

历史不足，有庙可瞻仰

你是济南的最爱，藕神

整面大明湖是你的妆镜

映照甜蜜的哀愁，高贵的美

藕断千年，有丝纤纤

袅袅不绝，仍一缕相牵

恰似黑瓦红扉的藕神祠前

四足铜炉的香烛迎风

仍牵动所有祷客的思念

二〇〇七年八月三十一日

冰姑，雪姨
——怀念水家的两位美人

冰姑你不要再哭了

再哭，海就要满了

北极熊就没有家了

许多港就要淹了

许多岛就要沉了

不要再哭了，冰姑

以前怪你太冷酷了

可远望，不可以亲昵

都说你是冰美人哪

患了自恋的洁癖

矜持得从不心软

不料你一哭就化了

雪姨你不要再逃了

再逃，就怕真失踪了

一年年音信都稀了

就见面也会认生了

变瘦了，又匆匆走了

不要再逃了，雪姨

以前该数你最美了

降落时那么从容

比雨阿姨轻盈多了

114

洁白的芭蕾舞鞋啊
纷纷旋转在虚空
像一首童歌，像梦

不要再哭了，冰姑
锁好你纯洁的冰库
关紧你透明的冰楼
守住两极的冰宫吧
把新鲜的世界保住
不要再哭了，冰姑

不要再躲了，雪姨
小雪之后是大雪
漫天而降吧，雪姨
历书等你来兑现
来吧，亲我仰起的脸
不要再躲了，雪姨

二〇〇七年九月十日

1

如满田葵花一齐向太阳仰脸

如满树菩提迸出了金枝玉叶

叶尖朝上，如朝霞灿灿辐射着旭辉

如一只金孔雀正绚丽开屏

千手千臂，千眼灼灼在掌心

或正或反，或握着宝剑或宝瓶

或白莲或青莲或红莲或宝印

或白拂或珠串或宝锤或宝镜

或金刚杵，五色云，或钺斧或锡杖

像南海涨潮一般地起落

中间的金刚座上，万有的核心

结跏趺坐着观世音，花冠璀璨

额上竖睁着第三眼，胸前八手

或合十或抚膝或施无畏

果然是法眼无隐法力无边

2

那是大足宝顶山的石窟

和观音从不曾如此亲近

信仰和美合双掌而为一

将我心夹在掌心，从未

见我的守护神有如此威仪

菩萨本来大慈又大悲

116

法相一向低调地温婉

额记多圆满而且端庄

低垂的双目又细又长

丰唇抿着隐隐的笑意

（玛利亚的脸上无此莞尔）

北山窟中的大士石像

或趺坐而持印，或白衣而娉婷

都悠然自在，有如此的神情

不像此刻我崇敬的气象

3

几乎，每一次仰瞻妙颜

我都会焚香叩拜，即使不便

也必然默献一瓣心香

虔诚的祈愿，随着香火

想必袅袅都上达了天听

都说菩萨是有求必应

但是她啊，我时常埋怨

似乎从未明示我回音

直到老来，在无助的病中

爱妻将刚刚调热的藕粉

端来夜色迷离的书斋

那表情和步态，恰似小时

也是在病中为我送来

一碗莲羹香甜的母亲

    4

藕茎和莲座没有牵连吗？

前半生是母亲，后半是妻子

若非菩萨，又会是谁

是谁啊回回有回应？

                      二〇〇七年九月二十九日

谢林彧赠茶

当年是兄弟两人
一起从霜雪的山县
下到这红尘的吗？
而今循一径树香
归去奉茶侍母
是弟弟一个人吗？

台北已沦陷给咖啡
山雾和岛雨在坡上
孕育出来的孩子
要退守七百公尺
或更高峻的海拔
才能够散发清香？

出世还不像渔樵
茶农或是茶商
在麦当劳，星巴克之外
仍不失江湖的风雅
再加上棋盘和琴韵
格调就近乎儒侠

想当年你的诗集
曾预言《梦要去旅行》
毕竟你没有去异邦

把《晚春心事》都种在
冻顶的四甲田里
把乡愁煮在壶中

初秋了，上世纪一别
我眉发已全皓，而你
也已深陷于中年
一盒名茶忽寄来
真精致，你的礼品
重接忘年的前缘

不问讯不代表遗忘
君子之交淡如——
如水吗，你说水必须
清澈，才煮得出茶香
来滋润你孺慕的苦心
温暖我念旧的愁肠

二〇〇七年十月八日

牙
关

不容你悠然寻梦的
躺椅，已经躺上去
正待咬紧牙关
效烈士之临难
却要我大开狮口

吼，是休想吼了
也不知让舌头
去何处避难
只能把心一横
把眼睛闭关

传来清脆的音响
该是金属碰瓷盘
或挑，或挖
或磨，或刮
精致的一整套刑具

忽然回旋梯底
向耳根的深处
是谁呀用一架电钻
高分贝的频率哪
在我的牙床开矿

在侦查我的腐败

捉拿潜伏在暗处

不堪曝光的隐私

地下水冷冷漱过

有一点消毒的药味

一遍又一遍刑求

只为了逼出口供

该吐的都吐了实了

那白袍法官说

好了，竟把我放了

二〇〇八年二月四日

低速公路

不过是一条低速公路

却常被误会是高速

竟引来一辆接一辆

跑车，赛车，救护车，警车

车牌标着开会或演讲

座谈，催稿，同意书或访问

序言，颁奖，推荐辞或评审

电话，手机，限时信，e-mail

首尾相衔，一堵就好几公里

再堵，就是好几个礼拜几个月

拜托，我只是狭窄的村道

经不起你们超速来狂飙

这首诗权充新路牌

性急的飙车大队啊，改道吧

别再浪费涨价的汽油

来倒帮我不堪岁月的重负

我只是超载待修的一条

哎，低，速，公，路

二〇〇八年三月十二日

历劫成器

—— 观王侠军瓷艺展

危立得如此的稳健

轻脆得如此的坚挺

力学搭好的鹰架

美学发挥成风格

古代礼器的典雅

用现代感来变奏

立体几何的谐趣

把商周的隆重解严

一种要飞的豪兴

立地却向往着升天

实中窥虚，虚中见实

每一孔里都别有洞天

一任日月在其中轮回

历尽火劫而此身犹在

壮烈的身后蓦然回首

清醒的不朽已经修成

满足了洁癖，甜白的雪肤

触目无憾，触手更满足

　女娲氏炼五色石

　补不周的恨天

　王侠军炼素色瓷

　报蒙尘的福地

二〇〇八年三月十六日

疑　猫

夜色深处，最崇人的亮钻，猝然
是向你转来的一对猫眼

爱　犬

与其依靠政客的诺言
还不如依靠一头忠犬
诺言一转身就抛在脑后
何况政客们本就无脑
只有忠犬还守在脚边

问　鸡

谁知道究竟是鸡生蛋
还是蛋生鸡，只知道
杀鸡吃鸡的都是人
而今除了古诗里
再也听不到鸡叫了
就算还能听到吧
难道你真的能够
叫木鸡孵蛋
叫金鸡下蛋

叫火鸡煎蛋

叫肯德鸡卖蛋

叫笨蛋捡蛋

叫混蛋滚蛋

叫所有的坏蛋通通完蛋

二〇〇八年四月二十七日

观仇英画

若非怪石崎岖，坡径太陡
一时出神，收不了心
我就已入山太深了
何况古寺更派了远钟
穿过纠纠蟠蟠的虬松
一路下山来接引，只怪
暮色在隐隐加浓，不觉
摄魂的钟声忽然变成
闭馆的铃声，催我回步
否则早已越过了窄桥
浑不闻铃声突发，根本
回不到人间来了，其实
仇英正坐在崖后，悠然独笑
凉亭一角，还等我去下棋呢
嘉靖年间就等起的吧
松针满地又积了几层
可惜小童扇炉，茶都已冷
而那只鹤，也不耐久等
一张氅早已飞去，差点
就到右上角那方红印章了

"对不起，先生，要闭馆了"
那馆员又催一遍

二〇〇八年四月二十九日

127

天塌下来有妈妈

用脊椎来顶住

地翻过来有妈妈

用胸脯来护住

当初生你，妈妈

不惜破胎更开骨

今日救你，妈妈

用她的命换你的命

苦命，认命的妈妈

在断气之前用她

不甘放弃，啊，不甘

不甘放弃的元气

抵挡亿万吨压顶

亿万年造山运动

喜马拉雅的神力

来不及告别，妈妈

就这么放手而去

留下你，惊惶而无助

叫天，叫地，叫妈妈

——妈妈，妈妈

整座废墟的瓦砾

一片也不会应你

但是你，好孩子，必须

在余震的威胁之下

忍痛，忍吓，忍饥

一路刚强地活下去

就算不为你自己

也要为妈妈尽力

只为了报答，她两次

把生命给你，因此

你自己要加倍爱惜

二〇〇八年六月十五日

慰齐邦媛老师

礼部尚书爱送酒，不送书

法文金签的诱人香槟

本应滋润你寂寞的空肠

却去灌溉俗夫的大肚

价高两千两百又九十

一瓶美意可惜已变味

无由一醉成了酸葡萄

酒未入口，名却见报

可以想见你无奈的苦笑

同样的懊恼，齐老师

连东坡先生也有份

更在诗里责怪章质夫

"岂意青州六从事

化为乌有一先生"

礼到，酒不到，失礼了

要问无礼的礼部尚书

附注：苏轼此诗题目很长，叫作《章质夫送酒六壶，书至而酒不达，戏作小诗问之》。桓玄有主簿善品酒，曾称美酒为青州从事，劣酒为平原督邮：隐喻美酒力可到脐（青州有齐郡），而劣酒只能阻于膈上（平原有鬲县）。典详《世说新语·术解》。

本书由台北九歌出版社有限公司授权出版经锐拓传媒代理

著作权合同登记号桂图登字:20－2023－009号

图书在版编目(CIP)数据

藕神/余光中著.—桂林:广西师范大学出版社,2023.10
ISBN 978－7－5598－5929－7

Ⅰ.①藕… Ⅱ.①余… Ⅲ.①诗集－中国－当代
Ⅳ.①I227

中国国家版本馆CIP数据核字(2023)第050080号

藕神
OUSHEN

出 品 人:刘广汉
责任编辑:刘　玮
助理编辑:陶阿晴
装帧设计:朱赢椿　小　羊
营销编辑:康天娥　金梦茜
广西师范大学出版社出版发行

(广西桂林市五里店路9号　　邮政编码:541004)
(网址:http://www.bbtpress.com)
出版人:黄轩庄
全国新华书店经销
销售热线:021－65200318　021－31260822－898
山东临沂新华印刷物流集团有限责任公司印刷
(临沂高新技术产业开发区新华路1号　邮政编码:276017)
开本:890 mm×1 240 mm　　1/32
印张:4.25　　插页:2　　字数:68千
2023年10月第1版　　2023年10月第1次印刷
定价:69.00元

如发现印装质量问题,影响阅读,请与出版社发行部门联系调换。